글벗시선 180 송연화 스무 번째 시집

하늘꽃 편지

송연화 지음

시집을 출간하며

하얀 그리움 가득 담은 하늘 꽃 편지 나풀나풀
밤새 몰래 쌓이고 쌓여 배달할 수가 없다.
만나지 못한 사연들 이별 아닌 긴 기다림
그대에게 가는 길이 너무 길고 멀다.
행선지 없는 수취인 떠나보내는 긴 여정
밤새 나비처럼 날아서 또록또록 사랑으로 왔다.

그립다 아주 많이 보고 싶음이 간절하다.
햇살에 사르르 눈물 되어 흐르는 가여운 사랑아
하얀 하늘 꽃 편지 빼곡히 적은 사연들
눈물 되어 흐르는데 이젠 어디로 가야 하는 걸까

2022년 10월

저자 송연화

차 례

제1부 아침의 시작

제2부 소중한 씨앗

제3부 행복을 찾아서

제4부 꿈이 익는 봄

제5부 내 사랑 당신

제1부

아침의 시작

상고대

나무에 화려한 꽃
가지 끝 뾰족뾰족

알알이 보석처럼
영롱한 무지갯빛

자연이
빚어낸 작품
아름답고 멋져라

겨울 산 마른나무
상고대 꽃이 피어

그 모습 반해버려
탄성이 절로 나와

메아리
울림 되어서
산등성을 넘는다

추위에 얼어붙은
나무의 얼음꽃들

저마다 멋진 모습
휘돌아 걷는 발길

아쉬움
묻어둔 채로
다음 기회 만나리

별아 달아

하얗게 불 때울 밤
하늘에 걸려있는
초승달 엷은 미소
유난히 반짝이는
은하수
푸른 별들아
어이할까 이 밤을

불 밝혀 지켜주는
밤하늘 별아 달아
오늘 밤 친구 되어
이 밤을 즐겨보자
정답게
사랑 노래를
헤이헤이 부르자

만남이 행복해라
별과 달 품었기에
온 마당 팔짝 이며
벅참에 아이 어른
별빛이
쏟아지는 밤
달빛 속을 달린다

동창생

회색빛 하늘에는
싸락눈 폴폴 날려
음산한 분위기에
마음은 벗들 찾아
그립고 보고 싶은 맘
서리서리 얽히네

일 년에 한 번 만남
이조차 어렵구나
두 번의 해거름에
코로나 원망하네
새해엔 좋은 일 올까
건강부터 챙기자

그리운 친구 이름
보고파 불러본다
앞으로 남은 삶이
더 짧게 남았기에
아쉽고 서러운 날들
전화기로 달랜다

산행

향로봉 정상 향해
한 걸음 두 걸음씩
오르고 걷다 보니
눈으로 마음으로
즐거운 산행길 사연
도랑 속에 잠기네

여름날 가재들은
바위 속 숨었을까
눈 덮인 산자락은
잠자듯 고요한데
다람쥐 뛰어놀던 곳
눈길만이 머무네

둘이서 산행길은
언제나 정다웁고
소소한 행복이야
신나서 야호야호
산행길 메아리 되어
산자락을 흔드네

설원의 뜨락

하얀 설원의 뜨락엔
따스한 햇살이
하늘 꽃밭에
살포시 내려앉았다

그리움은 저만치
잡힐 듯한데
발걸음 옮기기엔
너무 먼 그리움이여

난 개구쟁이 되어
발자국 놀이에
흠뻑 빠져 나 혼자
마냥 즐거워라

동화 속의 하얀 나라
곱고 아름다운데
세상 밖은 시끌벅적
평화를 갈망하는데

하얀 꽃밭에
그리움을 토닥토닥
소꿉놀이 소녀처럼
정답게 묻어 놓는다

추억의 길

나의 꿈 차곡차곡
시집 책 열다섯 권
책장에 채워본다
잔잔한 추억의 길
고갯길 돌고 돌아서
반쯤 넘은 인생길

지치고 힘들 때도
글벗의 글꽃 보며
위로와 용기 얻고
목표에 도전한다
새로운 시집 책 안고
터질듯한 이 기쁨

다음 책 만나고픈
열망이 꿈틀꿈틀
시작이 반이라고
애쓰며 달려왔지
엄마의 시집 읽으면
그 마음을 알 거야

황금 한 덩이

속 노랑 단호박은
겨울밤 친구라네

찜 솥에 쪄놓고서
달콤한 맛 즐기네

분 포근
황금 한 덩이
배불뚝이 되었네

호박 조각 송송 썰어
김치찌개 보글보글

입맛을 살려주는
변신의 호박요리

주부 손
요술 부리듯
뚝딱뚝딱 한 접시

순간 포착

멀리서 동창 친구
사진을 보내왔네
좋아서 웃음 피식
어쩌면 순간 포착
멋지게 담아냈을까
사진작가 내 친구

꿈 좇아 풍경 찍어
인기가 짱이라네
사진첩 추억들의
어릴 적 코흘리개
친구의 작품 활동을
봄이 되면 또 보자

하늘꽃 편지

하얀 그리움 가득 담은
하늘 꽃 편지 나풀나풀
밤새 몰래 쌓이고 쌓여
배달할 수 없어라

만나지 못한 사연들
이별 아닌 긴 기다림
그대에게 가는 길이
너무 길고 멀어라

행선지 없는 수취인
떠나보내는 긴 여정
밤새 나비처럼 날아서
또록또록 사랑으로 왔네

그립다 아주 많이
보고 싶음이 간절한데
햇살에 사르르 눈물 되어
흐르는 가여운 사랑아

하얀 하늘 꽃 편지
빼곡히 적은 사연들
눈물 되어 흐르는데
이젠 어디로 가는 걸까

나무 고드름

겨울날 바람 쌩쌩
빈 가지 마른나무
얼음꽃 주렁주렁
웃는가 울었던가
햇살에 눈물이 뚝뚝
하염없이 흐르네

굴곡진 겨울날들
바람은 혼을 불어
희망을 잉태하네
그 꿈을 키워가는
해맑은 나무 고드름
수정처럼 빛나리

나란히 열중 쉬어
일렬로 줄을 맞춰
구호를 외치듯이
함성을 지를 듯이
온몸을 불태워 가며
공중 낙화 우드득

알콩달콩

두 집이 모여 앉아
쇠고기 숯불구이
점심을 특선으로
동서도 시동생도
미소 꽃 향기 날리며
우리 함께 먹지요

정말로 고맙다고
터놓고 말씀했죠
사랑과 배려 속에
어울려 살아가는
닮은꼴 부부 되어서
알콩달콩 살아요

동기간 정 나눔이
화목한 사랑 되어
웃음꽃 하하 호호
행복은 둥실둥실
가정의 희망 등 되어
반짝반짝 빛나요

나의 꿈

청첩장 받아들면
가슴에 누름돌들
쿵쿵쿵 압박감에
정신을 못 차렸지
나의 꿈 접어둔 채로
서러움을 삭였지

두 아들 장가가면
무엇이 부러우리
남몰래 돌아서서
눈물을 훔치었네
가슴에 손자들 안고
그리 살고 싶어라

둘째의 전화 한 통
토요일 선본다네
이보다 더 기쁠까
좋아서 울다 웃다
행복 꽃 활짝 피려나
둥개둥개 내 사랑

마음이 열렸을까
인연이 왔음일까
한눈에 반하여서
두 사람 청실홍실
그 뜻이 하늘에 닿아
결혼했음 좋겠네

척척박사

가슴속 깊은 곳에
묻어둔 비밀 하나
살며시 둥지 깨고
귀금속 거래했지
쓰임새 요긴할 때에
적재적소 쓰이리

예전에 금방 운영
십수 년 잊었는데
위기의 어려움에
길잡이 되어준 금
아들 둘 장가 밑천이
긴축자금 되었네

근심과 걱정들을
싹 날려 버린 지금
잘했어 잘한 거야
스스로 위로하며
긴 하루 동동거리던 맘

내려놓고 쉼한다

결단을 행동으로
가정의 척척박사
마법의 두 손으로
내일을 지켜가리
우리의 꿈과 희망을
웃으면서 찾으리

강물(1)

살얼음 낀 강 언덕
물새들 끊임없이
오르고 내리면서
날갯짓 파닥인다
강물은 물고기 품고
새의 먹이 내줄까

고요한 강 언덕엔
햇살이 노닥이고
그림자 길게 누운
오후의 해거름에
참새 떼 우르르 몰아
겨울 들녘 반기네

건강 찾아서

코끝이 찡해오는
싸늘한 강 언덕 위

강바람 살랑살랑
날마다 걷는 이길

축복의
사랑이 내려
건강하게 지낸다

이보다 더 좋은 일
올 소냐 기쁨은 덤

몸과 맘 당 수치 뚝
고지의 정상으로

오늘도
달리는 기분
행복해서 눈물 나

이대로 지금처럼
꾸준히 노력해서

가정과 가족 위해
미소로 화답하자

날마다
즐겁게 살며
알콩달콩 지내리

얼음 썰매

꽁꽁 언 얼음 위를
달리는 썰매놀이

씽씽씽 앉은뱅이
신나는 얼음 썰매

옛 추억
떠올려 보며
그리움에 젖는다

그 시절 울 아버지
외동딸 겨울 놀이

만들어 주셨는데
그립고 그리워라

옛 생각
저절로 나서
눈시울을 붉히네

희망

농부는 토닥토닥
고구마 싹을 틔워
상토에 자리 깔고
나란히 가족들을
겨울잠 편히 쉬라고
고운이불 살포시

누워서 속닥이는
싹 틔움 들려올까
한해의 이른 농사
희망 꽃 심어놓고
날마다 들여다보며
부푼 꿈을 키우네

싹 길러 고구마순
자라면 싹둑 잘라
단 묶어 시장 내고
모종을 길러내는
앞집의 사장님 농장

벌써부터 분주해

인연의 법칙 따라
중매로 선보이고
잘되라 기도하는
이 심정 아시겠지
긴 세월 나 홀로 사신
앞집농장 사장님

나비

따스한 햇살 내린
하우스 둥지 속에

나비가 하늘하늘
꽃 찾아왔으려나

찬 겨울
어이 견딜까
걱정스런 맘이야

갈 길을 잃어버린
나비 널 어이하나

푸드덕 날갯짓에
허공을 날아올라

봄맞이
희망의 동산
사뿐사뿐 가려 마

사노라면

팍팍한 인생 무대
공연과 연출 속에
하룻길 부대끼며
어울려 사노라면
고갯길 넘고 넘으며
하루하루 벅차네

눈뜨면 오늘 하루
어떻게 펼쳐질까
괜스레 이런저런
잡다한 생각들로
바람 든 풍선처럼
한 걸음씩 들뜨네

더불어 사는 세상
어울려 살아보자
시화전 작품들로
나눔의 선물 주며
주는 맘 받는 기쁨이
배가되어 즐겁네

제2부

소중한 씨앗

버들강아지

햇살이 내리는 아침
봄을 재촉함이야
싹 틔워 봄을 부르는
아우성이 들리는 듯

차가운 바람 한 점에도
사랑 모아 버들강아지
몽우리 알알이 맺히고
둥둥둥 실개천이 들썩

여기저기서 옹알이 시작
삭막하던 나뭇가지들
새싹 틔울 준비로
꿈과 희망의 노래 부른다

햇살 가득 머금고
봄의 속삭임은 저 멀리서
버들강아지 앞세워
간지럼을 태우며 오나 보다

서늘한 마음에도 향기로
채우면서 파릇파릇
희망의 새싹 틔움으로
뜀박질할 수 있을 거야

아름다운 글로 행복한 세상을 꿈꾸는 글벗문학회
제7회 글벗시화전

그리운 날에

외동딸 좋아 좋아
기 살려 곱게 키운
딸 여식 말괄량이
괜찮다 하시던 임
아버지 평안하시죠
그 시절이 좋았죠

가슴이 먹먹하고
아릿한 이내 마음
아버지 등에 업혀
어리광부린 딸은
아버지 그리운 날에
설 명절을 보내요

뼛값은 해야 한다
아버지 유언대로
시댁을 섬기면서
남편과 잘 살아요
이제는 걱정 마세요
뼛값 하며 살게요

꽃동산에서

온 천지 사방팔방
하얀 꽃 소복소복
새해엔 새하얀 꿈
꽃동산 이루었네
한 소원
꼭 이루라고
하늘 선물 주셨네

새해엔 좋은 일만
눈처럼 소복소복
희망과 사랑으로
꿈꾸듯 살아야지
행복을
가득 채우리
사랑 언약하노라

새해 설계

그대와 함께라면
어디든 걸어가리
험한 길 가시밭길
즐겁게 따라가리
둘이서 함께 걷는 길
걱정 없이 따르리

또다시 도전이야
알토란 농사지어
빈 통장 채우리라
각오와 다짐으로
한 해의 계획을 세워
새해 아침 열었네

나의 길 나의 목표
새로운 농사 도전
글밭에 씨앗 뿌려
꽃피고 새가 울면
시집 책 쌓이고 쌓여
책장 가득 채우리

남편의 선물

말없이 살아줘서
정말로 고맙다고

큰 선물 안겨줬네
감동과 벅참이야

온종일
기분이 상승
하늘 높이 오르네

믿음과 사랑으로
인연의 고리 맺어

덧없는 세월 흘러
반평생 살고지고

수소 차
남편의 선물
기다리면 올 거야

소중한 씨앗

나에게 가장 소중한 씨앗은
시어가 굴비처럼 줄줄이 엮어져
나오는 글 씨앗이 아닐까

그런 씨앗을 심고 싶다
토실한 땅심에다
튼튼한 떡잎을 보고프다

연두의 꼬물이들 박차고
세상 밖으로 나오는
우람함을 보고프다

생명의 소중함을 느끼며
너와 내가 글꽃을
아름답게 피울 수 있을까

부끄럽지 않은 당당함으로
지워지지 않는 그리움으로
그리 머물고 싶다

먼 훗날 기억의 저편에서
한 사람이라도 기억해 준다면
얼마나 벅차고 흐뭇할까

봄이 오나 봐

눈발은 희끗희끗
산하를 물들이고
땅속엔 봄의 요정
나들이 기다리네
달래와 냉이 캐는 날
봄바람이 나겠지

싸늘한 바람결에
꽃망울 목련 나무
가득히 품어 안고
꽃피울 봄맞이 날
총총히 봄이 오나 봐
기다리는 봄 요정

난 너를 기다린다
삭풍의 추운 겨울
이제는 보내야지
문 열고 먼지 털고
봄맞이 대청소하면
상큼한 봄 오려나

농장 견학

서둘러 제주 호텔에서
짐을 꾸리고 한라봉 8코스
농장으로 발걸음 옮겨본다

시인님의 따뜻한 반김에
내 뜨락처럼 편안하게
이모저모 농장을 견학

주렁주렁 뽐내며 매달린
다채로운 노오란 과일들
해맑은 미소로 반기네

은은한 향기로움이
하우스 안 가득 번지고
하나씩 따서 맛보기여라

큰 농장을 운영하시려니
얼마나 고단하고 힘드셨을지
두 분이 주신 과일이 말해준다

城山
日出峰
UNESCO
세계자연유산
세계지질공원

사랑아

그대와 살아온 길
인생길 굽이굽이
비바람 모진 풍파
견디며 살아왔네
부단히 노력을 다해
나의 둥지 지켰지

사랑아 내 사랑아
이제는 당신 없이
하루도 살 수 없어
이대로 지금처럼
인생의 질풍노도길
존중하며 살 테야

세월이 흐른 뒤라
쌓이고 쌓인 사랑
믿음과 배려 속에
사랑 꽃 활짝 피어
지금은 행복 열매가
주렁주렁 열렸네

냉이

들녘이 품고 있던
파릇한 향기로움

봄나물 냉이 선물
바구니 한가득 캐

무침과
된장국 끓여
식탁 위에 올렸네

콩가루 된장국에
식사가 즐거워라

이야기 도란도란
시골집 봄맞이에

웃음꽃
한 자락 피어
하하 호호 즐겁네

마음

인생길을 달려가면서
마음을 열어가는 하루
책임져야 할 나만의
보람된 길 아닌지요

행복을 찾는 것도
마음의 갈망이구요
사랑을 다듬어 가는 것도
배려의 마음입니다

보고 싶고 안타까워
하는 것도 마음입니다
모든 것은 마음에서 시작이고
끝맺음도 내 마음이죠

마음 다스리면서 즐겁게
글벗 사랑하는 마음으로
내 안의 날 사랑하고
토닥이며 행복합시다

강물(2)

포근한 햇살 내린
강물 위 얼음 빙판
탕탕탕 금이 가고
강물은 시끌시끌
흐르는
힘찬 물소리
와글와글 달린다

물오리 가족들은
우르르 봄나들이
물고기 자맥질에
은 비늘 반짝반짝
꽥꽥이
구령에 맞춰
고기잡이 바쁘네

백량금

제주도 가로수길
동그란 빨강 열매
햇살에 초롱초롱
예쁨에 눈부시네
백량금 아름다움에
넋을 놓아 보누나

탐스런 열매 품고
겨울을 견디어준
나무가 대견하여
바라본 측은지심
어쩌면 저리 고울까
반짝이는 열매들

까치가 운다

햇살이 창문 가득
살며시 내려앉네
까치들 반갑다고
깍깍깍 아침 인사
반가운 손님 오려나
이 아침이 좋아라

걸레질 구석구석
꼼꼼히 닦아내고
하루의 시작으로
일상의 꽃이 피네
즐겁게 까치가 운다
좋은 일이 오려나

정월 대보름달

소원을 말해볼까
달님이 들어줄까
간절한 바람으로
내 고백 빌어야지
둥근달 정월 대보름
소원성취 이루게

노오란 둥근 달님
환하게 웃으시네
온 누리 빛을 주신
고우신 눈부심에
달님께 두 손 모아서
내 소원을 빌었지

연두의 꿈

언 땅속 헤집고서
꼬물이 연두의 꿈
들썩이는 새싹들
풀어 헤치고 나오네

마른 낙엽 들추니
추위 견디고 달려온
곱고 여린 새싹들
해맑은 웃음 배시시

이젠 봄이어라
하나둘 찾아오는
냉이 달래 봄의 향기
소소한 즐거움을 준다

햇살 녹아드는 들녘
흙은 살포시 흘러내려
뻐꾸기 노래 장단 맞춰
동글이 집을 지었지

힘찬 실개천 물소리
냇가의 실버들도
연두의 꿈을 꾸는
봄의 하룻길 참 예쁘다

별이 빛나는 밤

노오란 달빛이 알알이
하얗게 부서져 내리고
겨울잠 자는 들녘은
소곤소곤 옹알이 시작

노란 달빛 구름 사이로
파란 별들의 반짝임은
우주 쇼를 보여주는 듯
구름들 흩어졌다 모이고

초롱초롱한 밤하늘의
빛나는 별들의 눈망울들
까만 하늘에 무수히 박혀
대지를 기쁨으로 감싸주네

깊어가는 고요한 밤에
촘촘히 다가오는 달빛
창가에 반질반질 가득 내려
찬란한 별밤 축복이야

이 고요의 밤이 지나고
찬란한 햇살이 번지면
들녘은 봉곳이 솟아
하루의 해맞이를 할테지

손 없는 날

아직도 친정엄마의 말씀을
그대로 받들며 소금물 끓여서
깨끗하게 씻어놓은 메주를
풍덩풍덩 잠재워 준다

겉은 노릇노릇 마르고
속은 검고 촉촉하니
마치 달콤한 초콜릿처럼
맛나 보이고 곱기만 하다

아휴 기막힌 냄새
암모니아 냄새가 훅하고
코를 스치듯이 스며오고
먹거리치곤 고약한 냄새

'손 없는 날, 정월에 장 담가라'라는
당부의 말씀대로
차근차근 주부 놀이가
즐겁고 행복하다

짭짜름 깊고 구수한 맛
된장국 끓이고 쌈장 만들고
나물을 무치고
벌써부터 이모저모
쓰일 일에 벅차다

나의 손길로 전통 계승
된장 고추장 만드는 기술
중년의 아줌마 주부 놀이
자식들에게 이어줄 수 있으려나

제3부

행복을 찾아서

행복을 찾아서

행복은 언제나
내 맘 안에 내 곁에서
사뿐사뿐 춤추고
하늘을 훨훨 날고 있지

내 행복은
오롯이 나 자신이
주인이 되어
나를 토닥인다

사랑도 기쁨도
나의 품에 가득히
폭신하게 안기며
삶의 언저리 거닐지

벅참은 보름달처럼
둥글게 차오르고
사랑의 길잡이 되어
행복이 물결친다

내게로 새로 온 애인
남편의 자동차 선물로
마음이 심쿵심쿵
아름답고 멋진 날이야

얼음기둥

찬 바람 불더니만
계곡엔 얼음기둥
물줄기 흘러 흘러
장관을 보여주네
찻집의 정겨운 풍경
젊은이들 좋아라

연인들 삼삼오오
이야기 삼매경들
부러워 바라본다
울 부부 지난날의
그 시절 마냥 그리워
젊은 날의 추억들

얼음꽃 송알송알
맑은 꽃 눈부시게
햇살에 반사되어
영롱한 무지갯빛
주인의 고운 손길을
바라보니 즐겁네

건강 돌보미

나를 힘들게 하는 당뇨
식습관 신경 쓰고
좋아하는 봉다리 커피
끊고 힘들었는데

휴우~ 또 이상이 생겨
처방전 약 덤하고
약 숫자 늘어나니
어쩌란 말인가

건강한 몸 꿈꾸며
걷기 운동 근력운동
웃을 수 있는 내일
건강을 꿈꾸자

모든 건 생각하기 나름
소소한 일상 속에서
웃음 잃지 않는 즐거움으로
보람되게 살아가리

아침에

아침이 깨어났다
새들의 지저귐에
해님의 환한 모습
나무숲 사이사이
따스한 햇살 나눔에
황금 들녘 되었네

살며시 내려앉은
빛 고운 아침햇살
청초한 맑음으로
이 하루 맞이한다
눈부신 황금빛 햇살
감사하며 보내리

고추 모종

꼬물이들 만세 만만세
두 팔을 위로 번쩍
가녀린 연두의 새싹
씩씩한 웃음으로 반겨주네

노오란 황금 씨앗 톡톡
터트리며 세상 밖으로
사랑 먹고 자라는 모종
포동포동 살찌워 가는 중

새 주인 만날 고운 꿈
흙 속에 살며시 품고
시집갈 그 날을 기다리며
살포살포 에너지 충전

줄기 튼튼하게 자라렴
건강한 모종으로
다시 만나는 그날엔
짙은 초록으로 만나자

줄기에 치렁치렁
고운 잎들 피우고
초록의 꿈 키워보자
봄이다. 봄 새싹들아

개울가의 봄

얼음꽃 겨우 내내
한 자락 피우더니
스르륵 바람결에
흔적을 감추었네
그대가 휘파람 불며
봄 아씨를 부르네

시냇물 춤추듯이
휘돌아 흘러 흘러
봄소식 가득 품고
그리움 배달했네
복실이 개울가의 봄
앞장서서 왔구나

추위와 찬바람을
견디며 찾아와준
봄 아씨 꼬물이들
아장아장 서툰 걸음
개울가 버들강아지
하하 호호 웃는다

하얀 이별

시려서 보냈었지
겨울과 하얀 이별
그리고 봄이어라
이렇듯 상큼한데
마음은 풍선 되어서
저 하늘에 두둥실

바람결 훈풍으로
들녘에 머무르니
새싹들 웅성웅성
좋아라 난리났네
이보다 더 좋을쏘냐
영차영차 어영차

연두의 꼬물이들
언 땅속 헤집고서
기지개 힘찬 모습
새싹들 동행하네
저 멀리 봄바람 타고
봄꽃이여 피어라

봄 동산

창밖에 내려앉은 햇살
황금빛으로 물들이고
활짝 웃는 너의 고운 모습

볼을 스쳐 가는 찬바람을
겨울의 망태에 걸어놓고
살며시 봄 마실 시작이야

싱그러운 너의 모습
온통 너를 향한 그리움
봄 동산을 달려본다

향긋한 꽃길을 걸으며
상큼한 꽃내음에 취해
자박자박 걷는 그 날을

추억 길 가슴 설레어
고왔던 기억 속으로의 봄
맞이할 너를 그리워한다

하룻길 노을빛에 잠이 들고
별이 초롱초롱 빛나는 밤은
고요의 적막 속에 묻힌다

고구마 싹

동글이 단 고구마
상토 흙 잠재우고

고구마 싹 틔움에
사랑의 하트 뿅뿅

연두의
줄기 따라서
하트 잎이 나오네

사월의 들녘 찾아
고운 꿈 서리서리

밭고랑 가득 채울
단꿈에 젖어있지

가족들
초록의 행복
토닥이며 심으리

봄비

뜨락에 소담소담
기쁨의 봄비 내려
묵은 때 벗겨주듯
촉촉한 산과 들녘
생명수
가득 머금고
봄 잔치가 열렸네

좋아라 신나라
들녘은 깨어나고
메마른 밭과 들에
싹 틔울 단비여라
살포시
비집고 나온
팔랑팔랑 연둣빛

청춘아

붉은 꽃 노랑꽃이
저마다 아롱지다

추운 날 엄동설한
어제의 애기던가

햇살이 따사로운 날
봄 아가씨 마중길

우리도 먼 옛적에
활짝 핀 청춘이라

세월이 야속하여
할미꽃 되었구나

그래도 남은 인생길
마음만은 푸르게

자나 깨나 불조심

도깨비 불방망이
춤추듯 날아올라
온 산을 집어삼켜
검게 탄 잿덩어리
화마로 하루아침에
이재민이 되었네

마을이 아수라장
기막힌 현실 앞에
화재로 울고불고
비통한 마을주민
어쩌지 어쩌면 좋아
자나 깨나 불조심

한 마음 한뜻으로
이재민 도와주면
또다시 일어나서
희망을 심으려나
타들어 가는 걱정에
한숨 소리 가득해

하루 사이

마당엔 주룩주룩
봄비를 내려주고
건너 쪽 앞산 뒷산
설화 꽃 가득 폈네
떠나기 아쉬웠으랴
그리워서 또 왔네

한 뼘의 거리에서
자연의 만남 이별
봄비와 하얀 눈을
동시에 만났구나
심장은 요동치면서
사진으로 남겼지

자연은 요술쟁이
울었다 웃었다가
긴 하루 짧은 추억
눈 호강 즐거웠지
동시에 봄과 겨울을
하루 사이 보았네

오미크론

마스크 쓰고 소독 꼼꼼히
하루의 일상 시작으로
오가는 발걸음에도
만나는 손길조차도
외면하면서 건강 챙겼지

코로나로부터 벗어나려고
말로만 듣던 오미크론
친하고 싶지 않은 내게로
말없이 다가와 고통을 주고
결국 벗어날 수 없었다

머리는 빙글이 어질어질
재치기와 콧물이 나고
맛의 의미를 잃어버려
음식 간을 맞출 수도 없고
기운마저 딸려 눕고만 싶다

가슴이 뻥 뚫린 것처럼

기침이 마구마구 쏟아지고
뼈 마디마디 쑤시고
살갗은 침 맞는 것마냥 따갑다
아프다는 게 이런 고통인 것을

나 혼자만의 격리로
하루가 너무 길고 힘이 든다
봄이라고 좋아했었는데
씨앗 심을 꿈에 젖어 좋았지
호사다마란 말 맞는가 보다

씨앗 파종

들녘엔 고운 햇살 내려
상큼한 봄날이어라
포실한 상토 흙 담아
차곡히 포토 판을 쌓는다

작은 미니 집 칸칸마다
곤드레 씨앗 다섯 알씩 넣고
상토 흙으로 덮고 마무리
한 달 동안 꿈꾸며 지내렴

날마다 생명수 물을 주고
정성과 사랑으로 돌볼게
이쁜이들 싹트기를
날마다 눈도장 찍으며

지금은 충분히 쉬렴
연두의 새싹들 톡톡톡
방긋방긋 미소 짓는 날
한 달 뒤 만남을 기약하자

해맑은 얼굴들 쏙쏙
싱그러움의 푸른 향기
튼튼한 두 팔로 돌아와 줄
첫 희망을 가득 품어본다

하루의 일상

오랜 가뭄 끝에
새 생명 싹틔우는
봄비가 살짝 내리고
아침은 눈이 부시다

마른 나뭇가지에 맺힌
수정처럼 영롱한 빗방울
꽃망울과 대롱대롱 곡예
싱그러움 가득 채우고

봄비가 온 대지를 적셔
만물이 새로이 소생하듯
우리의 힘들었던 일상도
속히 회복되었으면

상큼한 봄 향기 가득한
하루의 소소한 일상
가지 끝마다 꽃 방울 실은
아름다운 봄날이어라

건 고추

매운맛 알레르기
재채기 콧물 범벅
딸 사랑 친정엄마
혼자서 척척 해결
건 고추 꼭지 다듬기
반짝반짝하여라

여름날 식용고추
양념과 먹거리용
한 자루 다듬어서
빻아서 냉동보관
건 고추 색깔이 고와
싱글벙글 좋아라

큰댁의 아주버님
선물 준 마른 고추
갈무리 해뒀으니
흉년도 걱정 없어
올여름 양념 걱정 뚝
풍족해진 두 모녀

시래기

천장에 주렁주렁
무청은 시래기로
바스락 건조되어
삶아서 식당으로
손님들
입맛 돋우는
추어탕의 별미야

엄마의 솜씨 흉내
부치기 시래기 밥
가족들 챙기는 맘
정성과 사랑이야
귀한 몸
무청 시래기
두런두런 어울림

수양버들

자연의 염색으로
비단결 치렁치렁
연둣빛 수양버들
바람에 휘이휘이
우아한
그네를 타네
반지르르한 머릿결

바람이 머물다 간
자리엔 잎새 돋아
어여쁨 아롱아롱
눈부신 봄 잔치에
버들잎
꺾어 불면서
즐거웁게 지내자

냇가에 드리우는
버들잎 물그림자
늘어진 줄기마다
행복한 초록 인생
향기가
넘쳐흐르면
사랑 사랑하리니

사랑의 싹

겨우내 움츠렸던
마른나무 가지마다
꽃망울 사랑의 싹
알알이 송골송골
꿈꾸는 화사한 봄날
사랑 꽃이 피누나

가녀린 나뭇가지
희망 등 걸어놓고
꽃 웃음 하하 호호
너와 나 즐길 그 날
손꼽아 기다린다오
울긋불긋 꽃 잔치

초록꿈(1)

빈 들녘 가득 채울
초록 꿈 가득 품고
삽으로 거름 떠서
허공에 날리운다
향기의 암모니아는
푸른 하늘 감도네

황톳빛 허기진 밭
거름의 영양분을
도톰히 질게 화장
텃밭은 위풍당당
알토란 자식 키워낼
보금자리 만든다

밭갈이 비닐 작업
차례로 거쳐나갈
단계를 밟는 수순
올 농사 꿈을 키울
희망을 심어보련다
한 몸처럼 사랑해

그립다

그립다 말을 하면
뒤돌아 보아줄까
떠난 뒤 아쉬움에
살며시 젖어 본다
새벽에 꽁꽁 언 얼음
새롭기만 하여라

마지막 보는듯한
겨울의 흔적 속에
가슴에 안겨 오는
추억의 하얀 얼음
덧없이 흘러간 세월
가슴속에 새기리

너와 나 짧은 만남
긴 이별 시작이야
더 좋은 모습으로
다음을 기약하자
그리운 네 모습 담아
고이 간직하리라

뜨락에선

꿈이 익어가는 뜨락엔
봄의 요정들 발레리나처럼
살금살금 뒤꿈치 들고나와
소꿉놀이에 한창이다

금빛 햇살이 가득 내려앉은
소담스런 뜨락에 갖가지
연둣빛 꼬물이들이 모여
화사한 웃음을 흘리고

뾰족뾰족 상사화 초롱꽃
부추 씀바귀 마당에서
여름날의 화려함을 뽐내듯
입을 삐죽이며 봄 잔치 연다

가는 정 오는 정의 만남
교차로 뜨락에 모여서
한바탕 인사를 나누며
그립고 보고 싶음을 전한다

소소한 이야기꽃 정담을
노래하며 춤추며 까르르
자지러지게 행복한 웃음을
마당 한가득 펼쳐놓는다

제4부

꿈에 익는 봄

감자 심기

푸르른 하늘빛 참 곱다
봄바람 살랑이는 들녘
꿈을 안고 올해의 첫 농사
가지런히 희망을 심는다

딱따구리 비닐 속 쿡 찔러
감자 심고 발로 툭툭 마무리
마주보며 찌르고 심고
가속도가 붙어 쉽다

둘이서 즐기다 보니
하는 일 지루함 없이
반나절에 쉬이 끝내고
상추 심고 양배추 심고

싱그런 봄날의 하룻길
그물망까지 치고 나니
고라니 가족들 접근금지
이젠 근심 걱정 없어라

봄꽃 피우기까지

마른 나뭇가지 흔들흔들
반가운 까치가 울어 젖히고
훈풍의 바람이 봄을 몰고 와
뜨락에 내려앉았다

고운 자연의 모습에
상큼한 하룻길 열어가며
달래, 냉이, 봄나물에
봄바람 즐겨 봄이었는데

아뿔싸 어쩌랴
찬비가 주룩주룩 내리더니
나뭇가지 춘설의 눈꽃이
소복소복 하얗게 피었네

떠나기 아쉬웠을까
아니면 그리워 찾아온 걸까
이채로운 자연의 선물에
벙근 맘은 기쁨 가득

수수한 봄 꽃눈 틔우며
봄 앓이 시작으로
산고의 고통 겪으며
꽃피울 준비 중이었는데

서로 어울리면서
아름다운 자연과 동행 길
만남과 이별인 것을
봄눈 참 얄밉다

제비집

해마다 찾아주는
제비집 둥지 속에
부부가 오가면서
부산을 떨고 있다
올해도 새끼 낳아서
지지배배 놀겠지

마루에 제비 똥은
싫은데 어찌 하나
행복한 제비 부부
귀여워 그냥 둔다
알 낳아 새끼 키우는
대가족이 되려마

봄아, 봄아

바구니 호미 들고
들녘을 향해본다
냉이랑 달래 담아
너에게 보내련다
친구야 아프지 마라
내 마음이 아프다

기쁨과 즐거움을
향기와 사랑담아
그리운 봄아 봄아
내 친구 찾아 가렴
머릿속 매미 울음을
멈추게만 해주렴

친구야 일어나렴
사랑해 사랑한다
일상을 수다 풀며
한세상 살다 가자
시집 책 가슴에 품고

시인답게 멋지게

살아온 지난 세월
덧없이 흘러갔지
이제는 즐기면서
남은 삶 보람되게
아픔을 떨쳐버리고
당당하게 지내자

봄이 오는 길목

봄비 내려 촉촉해진 들녘
파릇파릇 새싹들 소풍 오고
마른 나뭇가지 화살촉 톡톡
젓 살이 가득 부풀어 오른다

고운 햇살이 가득 내려앉은
들녘엔 황토 흙 꿈틀거리며
속살스러운 옹알이 시작으로
푸른 꿈을 펼치고 있다

아지랑이 아롱아롱
눈앞이 가물가물 아득한데
그리움의 긴 사연들은
하나둘 뿌리를 내린다

봄아, 봄아 푸르름 함께하자
빈 가지 울긋불긋 꽃피워
그 향기 봄 하늘 둥실둥실
봄바람 살랑이며 띄워보자

봄이 오는 길목으로
봄 마중 나서 보련다
해맑은 희망이 둥둥둥
내게로 오고 있는 봄날

차고

남편은 맥가이버
뼈대를 고정시켜
핀으로 안전장치
맞추고 뚝딱뚝딱
바람이 세게 불어도
차고 집은 튼튼해

가림막 천막치고
동아줄 꽁꽁 묶어
비바람 막아주는
차고를 완성했네
귀퉁이 조용한 차고
남편선물 최고야

꿈이 익는 봄

비 갠 맑은 하늘
참 곱다 또랑또랑
배시시 웃는 모습
따스한 봄날이야
들녘은
산뜻한 푸름
색깔부터 다르네

밭갈이 뒤집은 흙
빗물에 차분차분
반지르르 좔좔 흐른
영양분 가득 담아
내일을
준비한다네
꿈이 익는 봄이여

나무에 틔운 새싹
꽃눈은 꼬물꼬물
겨울을 이겨내고
귀한 몸 자유롭네
이제는
사랑받으며
꽃과 씨앗 품으리

희망길

자연이 품고 있는
들녘은 아름다워
새 울고 꽃이 피는
농촌의 하룻길이
설렘과 벅찬 꿈으로
희망길이 열렸네

마음이 방글방글
웃으며 바라보는
뜨락이 아름다워
하나둘 가꾸면서
꽃씨를 심고 다독여
푸른 꿈을 펼치네

백일홍 봉선화꽃
갖가지 씨앗들을
고운 흙 살폿살폿
뿌리고 심었으니
노오란 꽃 해바라기
키다리로 오겠지

어머님 기일

가슴에 봄을 가득
품고서 선산으로

어머님 뵈러 간다
오늘이 기일이라

평소에 좋아하셨던
음식 챙겨 나들이

가신지 칠년 째라
잊을 줄 알았는데

추억은 새록새록
보고픔 여전하니

긴 이별 서러운 마음
떠날 수가 없어라

무뎌진 세월 앞에

그리움 가득 안고

가신 임 큰 사랑에
작아진 마음자리

정성을 가득 담아서
기일 날을 챙긴다

민들레꽃

노오란 민들레꽃
우쭈쭈 기지개 활짝 펴
꽃 웃음 유혹하네요

겨우내 땅속 집을 짓고
강인한 생명의 위력
박차고 만세 만만세

알알이 작은 꽃잎들
모여 모여 한 송이 꽃
탐스럽게 피웠지요

작은 키 앙증맞게
돋아난 고운 민들레꽃
살랑이며 다가오네요

봄의 들길을 자박자박
향긋한 꽃향기에 취해
봄바람 살며시 안아봅니다

산수유꽃

봄비가 다녀간 뒤
노랑별 나뭇가지

걸렸네. 조롱조롱
기다림 끝자락에

애달피 만난 산수유
그리운 임 오실까

파아란 하늘빛에
노랗게 물들이는

별꽃들 반짝임에
지나간 그 추억들

벗들과 어울려 즐긴
꽃 나들이 그립네

들녘에 오는 봄날
살포시 반겼더니

꽃 선물 안겨주고
잔잔한 감동이야

산수유 병아리 웃음
맘 홀리는 하룻길

새들의 모임

휘리릭 날아와서
나뭇가지 사뿐사뿐

머리를 까닥이고
꼬리로 춤을 추네

종친회 모임 중일까
시끄럽게 하누나

새들의 언어 몰라
고개를 갸웃대니

더 신나 쫑알쫑알
시시비비 가려질까

뎅그런 나뭇가지가
그네 타듯 흔들려

앞마당 뜨락에는
새 손님 가득가득

봄 햇살 온기 속에
즐겁게 지저귀네

하룻길 소소한 행복
우리 집이 최고야

명당자리

목련꽃 나무 위에
새들의 둥지 설계
목조 집 단단하게
사방이 탁 트인 곳
꽃향기 명당의 자리
까치집이 있었네

우아한 하얀 목련
하얀 분 짙은 화장
몽우리 삐죽삐죽
속살을 보여줄까
숨죽여 바라볼 그 날
하루 이틀 기다려

새색시 사뿐사뿐
화사한 꽃 미소와
향기로 유혹하면
그 사랑 취하여서
까치들 둥지 속 사랑
새끼들을 품겠지

목련꽃

그윽한 백목련꽃
화사한 꽃 웃음에

나들이 발목 잡혀
꽃길을 걷고 있네

두 손을 높이 쳐들고
희롱하는 백목련

봄 햇살 간질간질
목련꽃 다소곳이

미소로 다가와서
수줍어 말 못하고

행복한 그대 모습을
물끄러미 본다네

햇살에 나풀나풀

손사래 치는 숨결

두 눈이 반짝반짝
이런 게 사랑이야

꽃 몸살 지독한 향기
꽃 사랑에 빠졌네

노란 꽃물결

노란 꽃 활짝 피어
동산을 이루었네
눈부신 아름다움
별처럼 빤짝이고
개나리 노란 꽃물결
벅참으로 설레네

햇살이 내려앉은
따스한 어느 봄날
임과의 꽃 데이트
즐겁고 행복해라
그윽한 꽃향기 따라
풍선처럼 두둥실

오늘은 좋을시고
하룻길 외출이 준
가슴이 터질 듯한
꽃 사랑 마음사랑
내 사랑 그대랑 함께

꽃 만남에 즐거워

봄바람 살랑살랑
얼굴을 간질이고
화사한 봄꽃선물
가슴에 찰랑찰랑
꽃 내음 향기로움에
선물 같은 하룻길

봄나물

봄비가 살폿 다녀간 뒤
기름진 뜨락의 텃밭엔
아장아장 꼬물이들
반갑게 맞아준다

새싹인가 싶더니
제법 살 오르기 시작
파릇파릇 윤기가 나고
눈길이 머무른다

봄나물 상큼함이
입 안 가득 침샘 자극
맛있는 맛 고이는 듯
그 설렘에 짜릿하다

향이 짙은 곰취랑
삼나물 명이나물
삼겹살에 돌돌 말아
볼이 터지도록 만나자

이웃사촌들과 어울려
봄 향기 전하면서
막걸리 한잔의 나눔으로
삶의 이야기 펼쳐보자

고들빼기김치

햇살이 낭실낭실 한 자락
소담스럽게 내려앉아
들녘으로 시누이와 나들이
살랑이는 봄바람이 좋다

새순 곱게 밀어 올리는
고들빼기 탐스러워
쌉싸름한 김치 담그려고
호미질에 맘이 바쁘다

맛있게 먹어줄 임들의 모습
그리면서 막내 시누이랑
오 가는 달 고무리 연애사
크크 봄인가 보다

인생 상담사 잘 되면
술 석 잔 생기려나
가시밭길 고생 끝나고
이젠 꽃길이길 빌어 본다

봄날의 온기가 마냥 좋다
호수 같은 파란 하늘빛
부끄러워 얼굴 발그레한
사랑스런 막내 아가씨 홧팅

비닐 씌우기

이웃집 아저씨들
트랙터 골 타주고

밭고랑 비닐 씌워
앞뒤로 끝마무리

남편은 방방 뛰었지
즐거움에 날았네

시작이 반이라고
일찍이 서두른 일

늦도록 이어져서
허리도 아파오고

녹초가 되어 가지만
싱글벙글이어라

비닐 일 끝냈으니

반농사 지었구나

무엇을 심을까나
희망찬 푸르름에

자존감 하늘을 찔러
벌써부터 설렌다

꼬물이들

하우스 아기 모종
얼굴을 내밀더니

웃는다 헤실헤실
기쁨의 꼬물이들

두 번째
우리의 희망
기쁨으로 오리라

예쁘고 앙증맞은
모종들 하늘하늘

햇볕과 물 마시고
두 잎이 튼실하네

영양소
가득 머금고
싱그럽게 자라네

보름쯤 지난 후에
넓은 땅 집 지어서

이사해 옮겨 줄게
총총히 예쁜 모습

멋지고
푸르게 자라
꿈꾸면서 지내렴

임 오시는 길

어쩌다 시인 되어
시집을 품에 안은
보람된 하루하루
삶의 길 기쁨일세
도전과
푸른빛 희망
인생 꽃이 피었네

책장에 꽂혀 있는
시집은 쌓여가고
나의 책 주문 전화
가슴이 벅차도다
조금씩
찾아주시는
마음 사랑 기쁘네

지나온 발자취가
글 속에 고스란히
인생사 희로애락
담기어 반겨주네
책장을
넘길 때마다
행복해서 좋은걸

나들이

살랑이는 맘 따라
친정엄마랑 나들이
딸 사위랑 함께여서
더 즐거우신가 보다

유황 온천욕 피로를 풀고
김이 모락모락 피어오르는
온천수 물침 맞으시며
연신 싱글 벙글이시다

한평생 자식들 키워내신
장하신 내 어머니
쪼글쪼글 손등에 검버섯 꽃
살아오신 세월의 나이테

저토록 즐거워하시는데
요즘 나 살기 버거워서
잠깐 엄마를 돌보지 못함이
죄송스럽고 후회가 된다

설 명절 용돈 드리고
모녀의 웃음꽃 한 자락
과일 드시라고 주섬주섬
바구니 가득 담아본다

칼국수

칼국수 보글보글
해물의 진한 육수

육지와 바다 품고
긴 가닥 후룩후룩

별난 맛 황제의 밥상
최고 만찬이어라

첫 만남 연애 시절
그때를 떠올리는

둘만의 기념일은
남편의 기억으로

좋은 날 국수 먹으면
백년해로 한다고

제5부

내 사랑 당신

박카스
F

나의 삶, 나의 인생

연분홍 고운 꽃 물들이는
별처럼 반짝이는 멋진 산하
살포시 피어나는 그리움
채우지 못한 아쉬운 추억들

유년의 못 이룬 청운의 꿈
꽃처럼 피우고 싶은 열망
글벗문학회 기웃기웃 앗싸
늦깎이 배움의 열정이어라

소소한 일상의 농사 글
묵묵히 견디어온 삶의 길
한 자락 꿈을 펼치며
동행 길 자박자박 걷는다

남편의 격려와 지원으로
시집 책 한 권 두 권 쌓이고
집안의 흔적과 역사 되어
소소한 꿈으로 익어간다

문학상 품에 안고 좋아라
내 인생 문학의 꿈 피워준
글벗문학회 배려와 사랑으로
알알이 영글어 익어가는 중

작은 꿈과 삶의 언저리
더불어 향기 나는 사람으로
나눔과 사랑으로 폼나게 살자
내일은 또다시 도전이야

뜨락엔

비 온 뒤 맑은 하늘
파아란 청초한 빛

청아한 둘레 길에
꽃망울 피어나고

뜨락엔 빛나는 햇살
반짝이며 머무네

어디로 달려볼까
떠나고 싶음이야

상큼한 꽃 내음에
가슴이 심쿵심쿵

그리움 꽃처럼 피어
그대 찾아 떠나리

떨어진 꽃잎

꽃송이 곱게 피운
벚꽃들 아리따움

화려한 모습으로
축제를 즐겼는데

비 온 뒤 떨어진 꽃잎
융단 길을 펼쳤네

떠나는 긴 이별에
아쉬움뿐이지만

만남과 이별들은
자연의 법칙 따라

유유히 물 흐르듯이
떠나가고 있었네

내년을 기약하자

언약은 안 했지만

또다시 만나리라
다짐의 맹세여라

그대들 아름다움에
반해버린 가슴아

선물 같은 하루

반짝이는 햇살 너머로
나뭇가지 물올라
푸른 잎 토끼 귀처럼 쫑긋
나풀나풀 그네를 탄다

갈색 옷 벗어 던지고
연두색 옷으로 한껏 치장한
산하엔 멋스러움 가득
꽃향기만이 머무르고

알알이 부서져 내리는 햇살
따사로운 사랑이 주는
감미로움에 하루가
알싸하고 포근함이야

선물 같은 하룻길에
즐거움은 비상을 하고
행복은 눈처럼 소복소복
정겹게 쌓여만 가고 있다

봄나들이

즐거운 봄나들이
형제와 동서끼리
어울려 좋았어라
동해의 푸른 바다
쉼 하며 마음껏 담아
남실남실 좋아라

의좋은 형제 만난
우리는 웃음꽃밭
형제들 유머 속에
하루해 짧았어라
게살과 게딱지 비빔
점심 식사 즐겁네

고맙고 감사해요
시동생 한마디에
뿌듯한 마음자리
거금의 식사대접
마음은 솜사탕처럼

사르르르 녹았네

가족과 집 안 위해
열심히 살아야지
사랑과 베풂으로
정 나눔 우애 있게
행복한 나의 삶 위해
즐거웁게 살리라

꽃등

가녀린 꽃대마다
조로롱 빨간 꽃등

굽이진 오솔길에
훤하게 불 밝히어

꽃 마중 등 걸어 놓고
기다려요 그대를

행여나 힘들어서
오시지 못할까 봐

쉼터에 고이 쉬어
꽃놀이 즐기라고

잎줄기 사랑 엮어서
조롱조롱 걸었죠

파란 잎 싱그러움

살포시 춤을 추고

걸어둔 청사초롱
종소리 울리는데

새색시 사랑의 표현
고개 숙인 수줍음

벚꽃 사랑

시골의 산자락에
벚꽃들 활짝 피어
한낮의 손님 유혹
발걸음 멈추시고
한 컷씩 담아 가시네
흔들리는 사랑아

벚꽃들 한껏 치장
뽀얗게 화장하고
바람결 춤사위에
넋 놓고 바라보네
하얀 꽃 두리 두둥실
이 가슴에 안기네

얼마큼 좋아해야
화답이 되어 줄까
화사한 꽃 사랑에
괜스레 미안해서
마음속 깊이 새겼지
애인처럼 살며시

아침의 시작(2)

해님과 하루 시작
내일의 희망이고
해님의 밝은 미소
사람의 마음들을
설렘과 즐거움 가득
두려움이 가신다

용기를 갖고 꿈을
키울 때 꿈이 있는
사람은 늙지 않고
긍정의 생각으로
몸과 맘 행동과 실천
으뜸으로 달리지

마음의 뜨락 가꿔
뜻 펼쳐 향기롭게
빛나는 삶을 살자
꽃피울 인생길에
해님은 아침의 시작
곱게 곱게 물들게

아그배나무꽃

강변의 뚝방길엔
동그란 꽃봉오리

화사한 어여쁨에
발길을 멈추었다

꽃무리
터트리는 날
우리 다시 만나자

얼마나 어여쁠까
심장이 콩닥콩닥

꽃 폭죽 터지는 날
그대랑 꽃 데이트

상큼한
꽃향기 취해
뚝방길을 즐기리

우주와 닮은 자연
햇살이 주는 선물

벙글며 다가오는
아그배 꽃피는 날

그립고
보고 싶어서
사랑 찾아오리니

조팝꽃

한적한 들길 휘돌아
흐드러지게 곱게 핀
하얀 조팝꽃이 아름답다

보아주는 이 없어도
꼿꼿이 맑은 웃음으로
아름아름 향기를 쏟고 있다

후르륵 바람이 지나면
코끝을 간질이는 청량함
동시에 짙은 조팝꽃 향기

녹음이 짙은 눈부신 산들
산새 지저귀는 들녘들
반짝이고 빛나던 초록 세상

마냥 즐거웠던 꽃놀이
예쁜 선물로 와준 사월은
이리 아쉬운 이별 중이다

배꽃

배꽃이 하늘하늘
바람에 춤을 추듯

꽃잎이 팔랑이면
벌 나비 몰려와서

꽃술과 사랑 유희에
사랑앓이 힘드네

배꽃의 향기 따라
꿀벌이 모여들고

저마다 꽃잎 사랑
수정사 바쁜 날개

붕붕이 축제 한마당
배꽃 지면 떠나리

사랑이 깊어지면

산고의 진통 겪고

알알이 주렁주렁
알토란 자식 키워

멋진 배 혼사 날 잡아
시집보내 주겠지

내 사랑 당신

내 삶의 한 귀퉁이에서
우연히 만나 사랑을 하고
인생 동반자로 살아가는
두 사람 인연이라죠

당신은 보석 같은 존재
언제나 든든함으로
지켜주고 감싸주는 당신
큰 나무 같은 사람이죠

허물 많고 부족한 여자
아픔의 고통을 언제나 함께
견디어 준 단단한 내 사람
오직 단 한 사람입니다

청사초롱 맺은 언약
봄날의 꽃 피우듯이
그대와 둘이서 살고지고
한세상 그리 살아갑시다

내 삶이 다 하는 그날까지
당신을 따뜻이 섬기며
오로지 빚 갚는 심정으로
참사랑으로 최선을 다하리니

자연의 선물

온종일 동동거려
산으로 들녘으로
보람된 산행이야
청옥산 두릅 수확
임들께
보내 드리리
정성 가득 담아서

내 정성 사랑으로
임들께 보내주면
첫 수확 산나물에
입맛 들 살아날까
좋아라
자연의 선물
즐겨보는 이 행복

보람된 하룻길이
기쁨의 배가 되어
신나게 룰루랄라
마음은 두리둥실
발걸음
집으로 재촉
봄나들이 즐거워

사랑비

세상사 마음대로
안 된다고 하더니만
모종들 심고 나니
기쁨의 단비 세례
좋아라 축복이어라
얼싸안고 즐기네

마른 땅 촉촉하게
사랑 비 하늘 선물
방글이 웃고 있는
연두의 어린 싹들
초록 꿈 가득 펼치며
푸른 벌판 지키리

앞산도 텃밭에도
푸르름 짙어가고
꿀 같은 영양소가
골고루 내려주네
이 아침 반가운 손님
마른 가슴 적시네

산딸기꽃

길가에 산딸기꽃
어여삐 피어있네

들짐승 날짐승들
먹이가 되어주고

저마다
훌륭한 역할
자연 속에 배우네

방긋이 올망졸망
형제들 다복하게

줄기들 얼기설기
서로들 의지하며

꽃동산
이루었구나
풍요로운 들녘에

산딸기 새콤달콤
빨갛게 익어가면

오 가는 들녘 손님
허기진 배 채우며

한 계절
살아가겠지
자연 속의 어울림

꽃잔디

식당 집 정원에는
꽃잔디 어여뻐라

돌리는 발걸음을
붙잡고 유혹하네

작은 꽃 옹알이하듯
사랑, 사랑이어라

고운 꽃 맑은 웃음
화사한 꽃잔디에

온 마음 다 뺏겨서
내년을 기약한다

뜨락에 심어볼까나
고운 모습 반하게

키 작은 난쟁이 꽃

바닥에 엎드려서

뜨락을 물들이고
대가족 이루었네

널 만나 큰 기쁨이야
다음 해에 만나자

아기똥풀

바람에 흔들리는
샛노란 작은 꽃잎

파르르 떠는 모습
엄마를 찾는 걸까

지천에
가득 피어서
그리움을 새기네

진노랑 아기똥풀
들녘에 가득 피어

바람에 하늘하늘
나비가 날고 있는

그 모습
아름다워라
아장아장 아가여

어쩌다 상처 나면
꽃가지 꺾어다가

액 연고 노란 진액
상처에 문지르면

그 자리
덧나지 않고
깨끗하게 마무리

산책길

푸르름 가득 피어
숲길은 싱그럽다
녹음의 숲 우거져
긴 터널 장관이야
둘레길 데이트하며
이야기꽃 피우지

날마다 젊음인 줄
일 욕심 부리다가
나빠진 몸의 상태
돌봄을 잘해보자
운동도 열심히 하고
룰루랄라 지내자

가끔씩 새벽 아침
손끝을 찔러 측정
혈당을 관리하고
건강을 챙기면서
산책길 가볍게 걷고

좋은 공기 마신다

자연과 더불어서
즐기고 살다 보면
모두가 제자리로
본연의 모습으로
반드시 돌아올 거야
걱정하지 않으리

금낭화꽃

내 사랑 오시는 길
불 밝혀 걸어두고
한없는 마음으로
오로지 기다려요
사뿐히 오시는 그 길
조롱조롱 걸었죠

연등불 밝힌 것도
오직 그대 위하여
봐줘요. 금낭화꽃
기다려 피워냈죠
이 세상 오직 한 사람
일편단심 당신뿐

그리운 언덕

고향 집 언덕길 신작로엔
무성한 수풀만 우거지고
산새들의 놀이터가 되었네

내 동무들 뛰어놀던 곳
진돌이 오징어 게임 하던 곳
그리운 언덕 위의 그 추억들

소풀 뜯어 먹는 시간에
우린 찔레순 꺾어 먹으며
밀린 학교 숙제도 즐거웠었지

세월은 유수처럼 흘러 흘러
검은 머리가 염색 머리로
주름살은 갈매기처럼 날고

돌아갈 수 없는 유년의 그 시절
이젠 할배, 할매가 되었겠지
손주들 품에 안고 건강한지

아련한 옛 추억의 소꿉친구들
지금은 어디에서 살고 있을까
많이 그립고 보고만 싶은데

형제사랑

각자들 살기조차
버거운 세상인데
걱정과 배려 속에
형제들 만나는 날
따뜻한 식사 나누며
형제우애 다지네

남들이 부러워할
형제애 대단하니
이 또한 동서 역할
덩달아 물이 든다
동기간 정 나눔으로
사랑 꽃이 피누나

집안의 대소사들
챙기며 왕래하자
인정과 사랑 나눔
베풀고 나누면서
한세상 잘 살다 가자
마음으로 새기네

그리움 너머

순수했던 그 시절
여린 풀각시들
빨래터에서 만나
재잘재잘 부끄럼 탔지

강산이 여러 번 바뀌고
귀한 만남 이여라
검은 머리 찾을 길 없어
모두들 흰머리 염색

어쩌랴 꿈 많던 새댁들
할머니 되어 만나니
손주들 자랑들에
오뉴월 엿가락 늘어지고

부러워 마냥 부러워
뜨거운 한숨으로
내 발밑은 꺼져만 가고
가슴은 불덩이가 된다

무엇을 했을까
앞만 보며 달려온 세월
엄마라는 이름으로
자식을 위하여 살았는데

그리움 너머 중년이 되어
흰 머리 꽃 가득 피어 만나서
참 많이 반갑고 좋았어라
오래도록 보면서 잘 살자

□ 서평

글쓰기 습관이 빚은 삶의 행복

– 송연화 시인의 스무 번째 시집 『하늘꽃 편지』

최 봉 희(시조시인, 평론가, 글벗 편집주간)

최근 몇 년 사이에 여러 문학단체 모임에서 많은 작가와 시인을 만났다. 더욱이 2007년부터 글벗문학회 회원들과 함께 15년간 다양한 문학 행사와 강연회를 통해 그들과 만나면서 삶을 공유하고 글 나눔의 기회가 많았다.

그때마다 많은 작가와 시인들이 한결같이 답하는 말이 있었다. 글쓰기의 활동으로 자신의 인생 이야기를 차분하게 써 내려가다 보니 자신의 삶을 되돌아보는 좋은 기회가 되었다는 것이다. 더욱이 아픔을 치유하는 기쁨이 있었다고 답한다.

우리가 살아가는 하루하루의 삶은 매우 소중하다. 그렇기에 자신의 삶을 고백하는 글쓰기는 더더욱 의미가 깊다. 자신의 삶을 성찰하면서 스스로 치유로 이끈다는 사실이 더욱 각별하다. 과거를 기억으로 불러와 재현하는 과정, 시시때때로 모든 것을 진솔하게 털어놓는 과정이 바로 글쓰기다.

우리는 글을 쓰는 과정을 거치면서 위로를 받는다. 삶의 용기를 얻는다. 그 때문에 필자는 기회가 있을 때마다 글을 쓰고 싶은 마음을 잃지 않기 위해서 글을 쓰는 습관이 필요하다고 역설한다. 마음속에 쓰고 싶은 마음을 키워서 무리하지 않고, 즐겁고, 유쾌하게, 꾸준히 글을 쓰자는 말이다. 이는 글벗문학회의 외침인 "아름다운 글로 행복한 세상을 만들자."와 일맥상통한다. 물론 나의 구호이고 외침이긴 하나 200여 명의 회원이 동참하고 있다.

어느 시인은 2018년부터 5년간 매일 일기 쓰기를 쓰듯이 시를 쓰다 보니까 어느덧 20권의 시집이 탄생하는 놀라운 결과를 얻었다. 1년에 평균 4권의 시집을 발간한 셈이다.

바로 그 시인은 글벗문학회 윤영 송연화 시인이다.

내 경험에 비춰보면, 글쓰기는 새로운 나를 발견하거나 성찰하는 최고의 수단이다. 글쓰기는 혼자 놀기 위한 최고의 수단이 아닐까 한다. 때로는 탁월한 고민 상담자이면서도 내 마음을 대신 전해주는 최강의 표현 도구이자 아픔을 토로하는 최고의 카타르시스의 방법이다.

글쓰기의 첫걸음은 늘 강조하지만 글쓰기를 좋아하는 것이다. 뭐든 좋으니 내 생각을 전하고 싶을 때, 인생을 더 즐기고 싶을 때, 정체를 알 수 없는 불안함과 답답함에서 벗어나고 싶을 때, 어떻게든 마음을 털어내야 한다.

나의 꿈 차곡차곡
시집 책 열다섯 권
책장에 채워본다
잔잔한 추억의 길
고갯길 돌고 돌아서
반쯤 넘은 인생길

지치고 힘들 때도
글벗의 글꽃 보며
위로와 용기 얻고
목표에 도전한다
새로운 시집 책 안고
터질듯한 이 기쁨

다음 책 만나고픈
열망이 꿈틀꿈틀
시작이 반이라고
애쓰며 달려왔지
엄마의 시집 읽으면
그 마음을 알 거야
- 시조 「추억의 길」 전문

위의 시조는 2021년에 시인이 열다섯 번째 시집을 출간하면서 쓴 시조 작품이다. 추억을 더듬고, 현재를 살피면서 다른 이와 자연스러운 글 나눔과 공감을 통해서 마침내 터질듯한 기쁨을 누리는 것이다. 그리고 자녀들이 자신의 시집을 꼭 읽어주길 바라는 애틋한 마음도 담겨 있다. 글쓰기가 좋아지면 글을 쓸 때마다 가슴이 두근거린다. 내 생각과 느낌을 글벗과 이웃에게 알리고 싶어지는 것이다. 그뿐인가. 글쓰기가 좋아지면 나도 모르는 사이에 모든 일이 좋아지고 하루하루가 즐거워지는 것이다. 그뿐인가. 내가 사는 지역의 자연환경도 나를 응원하는 듯 보이고 친구가 되는 듯이 신이 나는 법이다.

이젠 봄이어라
하나둘 찾아오는
냉이 달래 봄의 향기
소소한 즐거움을 준다

햇살 녹아드는 들녘
흙은 살포시 흘러내려
뻐꾸기 노래 장단 맞춰
동글이 집을 지었지

힘찬 실개천 물소리
냇가의 실버들도
연두의 꿈을 꾸는
봄의 하룻길 참 예쁘다
- 시 「연두의 꿈」 중에서

위의 시에서 송연화 시인의 노래한 것처럼 시인의 글쓰기는 어느 봄날의 '연두의 꿈'이다. 글쓰기는 새로운 생명이 솟아나듯 그냥 자연스럽게 있는 그대로 자신의 삶이 피어나는 것이다. 누구나 처음부터 글재주가 있는 것은 아니다. 문장을 능숙하게 쓰는 재능은 노력의 산물이다. 자신의 재능을 문제 삼지 말고 글을 잘 못 쓴다는 변명하기보다는 꾸준하게 글을 쓰는 습관이 필요하다. 바로 좋은 글을 쓰기 위한 비법이기도 하다.

"시를 어떻게 쓰면 좋은 시가 될까요?"

문학 모임과 강연회에서 자주 듣는 질문이다. 필자는 그때마다 이렇게 대답한다.

"이에 대한 답은 바로 작가 자신이 찾을 수 있습니다. 바로 자신이 자신의 시를 정의하면 되는 것은 아닐까요? 다시 말해 자신이 좋아하는 시라고 생각하는 시가 다른 사람에게도 좋은 시가 됩니다."

글을 읽기 좋게 만드는 규칙은 있다. 문장을 짧게 쓰거나 어법을 지키는 글쓰기, 혹은 같은 연결어나 접속어를 연속적으로 쓰지 않기, 글을 마구잡이로 나열하지 않는다는 작은 규칙들도 존재한다. 그러나 걱정할 필요는 없다. 매일 반복적으로 글을 쓰면서 자연스럽게 그 비법을 터득하게 마련이다. 윤영 송연화 시인도 매일 쓰는 시와 시조를 통해서 그의 창작 역량은 날로 성장했고, 다수의 문학상을 수상했다. 20여 권의 시집을 저술하는 만큼 언제나 지금의 글쓰기를 즐기는 것이다.

기쁨과 즐거움을
향기와 사랑담아
그리운 봄아, 봄아
내 친구 찾아가렴

머릿속 매미 울음을
멈추게만 해주렴

친구야 일어나렴
사랑해 사랑한다
일상을 수다 풀며
한세상 살다 가자
시집 책 가슴에 품고
시인답게 멋지게

살아온 지난 세월
덧없이 흘러갔지
이제는 즐기면서
남은 삶 보람되게
아픔을 떨쳐버리고
당당하게 지내자
– 시조 「봄아, 봄아」 전문

시인은 봄에게 말한다. 아픈 친구에게 찾아가서 위로의 부탁과 함께 시인답게 시집 책 가슴에 품자고 말한다. 글을 쓰면서 인생을 즐기면서 아픔을 떨쳐내자고 말한다. 맞다. 시 쓰기는 치유의 글쓰기다. 삶의 아픔을 떨쳐내는 것 만큼은 글쓰기가 최고가 아닐까 한다. 이것이 시 쓰는 즐거움이요 창작의 기쁨이다.

아침이 깨어났다
새들의 지저귐에

해님의 환한 모습
나무숲 사이사이
따스한 햇살 나눔에
황금 들녘 되었네

살며시 내려앉은
빛 고운 아침햇살
청초한 맑음으로
이 하루 맞이한다
눈부신 황금빛 햇살
감사하며 보내리
- 시 「아침에」 전문

시인에게 아침은 시를 쓰는 시간이다. 어제의 이야기나 혹은 꿈속의 이야기를 습관적으로 그대로 정리하면 되는 것이다. 내가 저렇게 해봐야지, 혹은 솔직하게 날것의 글을 쓰고 싶다면 꿈을 그대로 글로 옮겨보는 것도 좋은 방법이기도 하다. 그런데 다른 시인들과 다른 점이 분명히 있다. 그것은 바로 자신만의 철학이 담겨 있어야 한다. 자연과 더불어 사는 '감사하는 마음'이다. 시인은 바로 자연을 사랑하기에 아침이 깨어났다고 말한다. 새들의 지저귐과 해님의 모습, 그리고 나무 사이에 따스한 햇살, 그리고 가을의 황금 들녘이 감사한 것이다.

윤영 송연화 시인의 시 쓰기는 20여 권의 시집을 출간하기까지 무엇보다 다음과 같은 특징을 갖고 있다.

첫째, 송연화 시인의 시 쓰기는 '자신을 위한 시 쓰기' 활동이다. 시인은 매일매일 자신의 삶을 가장 소중히 여기면서 자기 자신에 대해 성찰하고 자기 자신에 대해 말하고 싶어한다. 소소하게 자신의 이야기를 꾸밈없이 진솔하게 적어가고 있다.

어쩌다 시인 되어
시집을 품에 안은
보람된 하루하루
삶의 길 기쁨일세
도전과
푸른빛 희망
인생 꽃이 피었네

책장에 꽂혀 있는
시집은 쌓여가고
나의 책 주문 전화
가슴이 벅차도다
조금씩
찾아주시는
미음 사랑 기쁘네

지나온 발자취가
글 속에 고스란히
인생사 희로애락
담기어 반겨주네
책장을
넘길 때마다
행복해서 좋은걸
– 시조 「임 오시는 길」 전문

누군가를 위한 글, 누군가에게 도움이 되는 일보다는 일단은 나만을 위해서 내 이야기를 써야 한다.

둘째로 윤영 송연화 시인의 시의 특징은 진심을 담은 진솔한 글이라는 것이다. 사람들이 정말 재미있다고 느끼는 글은 미사여구(美辭麗句)를 늘어놓은 말이 아니라 진심에서 우러나오는 감정을 그대로 옮긴 글이다. 진실한 글이기에 마음에 와닿고 흥미를 느끼는 글이 되는 것이다.

윤영 송연화 시인은 낮에는 농사를 짓고 밤에는 노래방을 운영한다. 그런데 가끔 "이런 이야기까지 쓰다니"하고 놀랄 만큼 진솔하다.

순수했던 그 시절
여린 풀각시들
빨래터에서 만나
재잘재잘 부끄럼 탔지

강산이 여러 번 바뀌고
귀한 만남 이여라
검은 머리 찾을 길 없어
모두들 흰머리 염색

어쩌랴 꿈 많던 새댁들
할머니 되어 만나니
손주들 자랑들에
오뉴월 엿가락 늘어지고

부러워 마냥 부러워
뜨거운 한숨으로
내 발밑은 꺼져만 가고
가슴은 불덩이가 된다
- 시 「그리움 너머」 중에서

글은 자유롭게 써야 한다. 국어 수업 시간에 배운 기승전결을 꼭 담지 않아도 좋다. 말이 되지 않아도 되고, 제대로 된 마무리가 없어도 된다. 사실 형식에 맞춰서 쓴 글은 재미가 없는 법이다. 일상적으로 쓰는 글에는 논리가 필요치 않다. 슬프거나 기쁘다는 감정에 반드시 이유가 필요한 것도 아니다. 평소에 말하는 것처럼 글을 쓰는 것만으로도 나다운 문장을 쓸 수 있다. "멋지다."라는 말보다는 '우아~'가 훨씬 더 정감이 있지 않은가. 솔직하게 표현한 말이라서 진심을 느끼기에 충분하다. 꾸미지 않는 글은 많은 사람들에게 사랑받는 분명한 힘이 있다.

또다시 도전이야
알토란 농사지어
빈 통장 채우리라
각오와 다짐으로
한 해의 계획을 세워
새해 아침 열었네

나의 길 나의 목표
새로운 농사 도전

글밭에 씨앗 뿌려
꽃피고 새가 울면
시집 책 쌓이고 쌓여
책장 가득 채우리
– 시조 「새해 설계」 중에서

셋째로 송연화 시인은 한마디로 글 쓰는 습관이 몸에 배어 있는 작가다. 우선 글을 쓰기 위해서 적바림하는 과정, 거기에다 삶의 추억을 사진으로 기록하는 과정, 그 모든 것을 습관처럼 글을 써야 한다. 시인은 날마다 적바림(메모)의 습관을 활용하는 듯하다. 꾸준한 글쓰기는 바로 종이 수첩이나 메모지를 활용하여 솔직하게 내 마음을 적는 데서 출발한다. 다시 말해 글쓰기를 생활의 한 방편이 되어야 한다.

독서를 습관화하려면 책을 책장에 꽂지 말고 거실이나 침대 근처에 있어야 한다. 스마트폰에 메모 앱을 설치하여 활용하거나 거실이나 침대에 수첩을 펴두면 좋으리라. 쓰고 싶은 마음은 언제 생길지 모른다. 그 마음이 거품이 되어 사라지기 전에 글로 남겨야 한다.

유년의 못 이룬 청운의 꿈
꽃처럼 피우고 싶은 열망
글벗문학회 기웃기웃 앗싸
늦깎이 배움의 열정이어라

소소한 일상의 농사 글

묵묵히 견디어온 삶의 길
한 자락 꿈을 펼치며
동행 길 자박자박 걷는다

남편의 격려와 지원으로
시집 책 한 권 두 권 쌓이고
집안의 흔적과 역사 되어
소소한 꿈으로 익어간다
- 시 「나의 삶, 나의 인생」 중에서

송연화 시인은 매일같이 네이버 밴드와 카카오스토리 등 SNS에서 매일 같이 글을 남기고 더욱이 함께할 사람들과 글 나눔을 하고 있다. 글쓰기는 혼자 하는 놀이이기는 하지만 혼자 하면 재미없다. 다른 사람과 함께라면 즐거울 수가 있기 때문이다. 송연화 시인의 경우도 '글벗문학회'에서 200여 명의 작가들과 함께하고 있다.

네 번째 송연화 시인의 시에는 하루의 일상이 글 씨앗, 즉 소재가 되고 있다. 가족에서부터 친구, 그리고 농사짓는 일, 여행, 노래방을 운영하는 경험들이 소재가 된다. 누가 봐도 정말 소소한 내용이다.

나에게 가장 소중한 씨앗은
시어가 굴비처럼 줄줄이 엮어져
나오는 글 씨앗이 아닐까

그런 씨앗을 심고 싶다

토실한 땅심에다
튼튼한 떡잎을 보고프다

연두의 꼬물이들 박차고
세상 밖으로 나오는
우람함을 보고프다

생명의 소중함을 느끼며
너와 내가 글꽃을
아름답게 피울 수 있을까

부끄럽지 않은 당당함으로
지워지지 않는 그리움으로
그리 머물고 싶다
- 시 「소중한 씨앗」 중에서

글의 가치를 결정하는 것은 내가 아니라 읽는 사람이다. 따라서 그저 그런 일상이라도 조금의 노력을 기울여 쓴다면 때로는 특별한 글이 되는 법이다. 나의 소중한 삶의 씨앗을 어떻게 심고 가꾸는가에 달렸다. 나의 평범한 일상이 누군가에게 재미있고 유익하며 신기할 수 있다. 거기에는 글 씨앗을 심고 가꾸는 꾸준함이 필요하다.

마침내 송연화 시인은 5년 동안에 20여 권의 시집을 줄기차게 써가고 있다. 30여 권의 시집을 내는 것이 그의 당찬 목표다.

결론적으로 송연화 시인의 시를 한마디로 평하자면 "자신의 삶을 사랑으로 쓴 글"임이 틀림없다. 그래서 그의 시에는 분명 힘이 있다. 내가 좋아하는 것에 대해 글을 쓰면 그에 대한 사랑이 글에 꽉 들어차기 마련이다. 마침내 읽는 사람도 행복하다.

인생은 글쓰기만으로도 분명 우리의 삶은 변할 수 있다. 평범한 일상도 글로 쓰면 우리의 삶은 변하기 시작한다.

요즘 같은 세상에서 가장 신뢰할 수 있는 것은 '글쓰기를 좋아하는 진솔한 마음', 그리고 '순수한 마음'이 아닐까 한다. 시인은 좋은 말만 할 필요도 없고 예쁜 글을 쓰려고 애쓰지 않아도 된다. 거짓 없는 말과 감정을 담은 진솔하게 담은 글이 나라는 존재를 제대로 전달할 수 있다.

작가의 경험이 담긴 글, 솔직한 글이 공감을 이끌어낸다. 꾸밈없이 쓴 솔직한 글이 재미가 있다.

앞으로도 윤영 송연화 시인의 그 마음을 소중하게 그리고 당당하게 드러내 보였으면 좋겠다. 지금 좋아하는 게 없다면 잠시 멈춰 서서 마음 소리에 귀를 기울여보면 어떨까?

행복을 찾는 것도
마음의 갈망이구요
사랑을 다듬어 가는 것도
배려의 마음입니다

보고 싶고 안타까워
하는 것도 마음입니다
모든 것은 마음에서 시작이고
끝맺음도 내 마음이죠

마음 다스리면서 즐겁게
글벗을 사랑하는 마음으로
내 안의 날 사랑하고
토닥이며 행복합시다
- 시 「마음」 중에서

나를 사랑하는 사람이 이웃을 사랑할 수 있고 행복할 수 있다. 결국 글쓰기는 마음먹기에 달려있다. 행복을 찾는 것도 마음의 갈망이고 사랑을 다듬는 것도 따뜻한 마음에서 시작되는 것이다.

끝으로 이 시집의 대표시 「하늘꽃 편지」를 감상하면서 글을 마무리하고자 한다.

하얀 그리움 가득 담은
하늘꽃 편지 나풀나풀
밤새 몰래 쌓이고 쌓여
배달할 수 없어라

만나지 못한 사연들
이별 아닌 긴 기다림
그대에게 가는 길이
너무 길고 멀어라

행선지 없는 수취인
떠나보내는 긴 여정
밤새 나비처럼 날아서

또록또록 사랑으로 왔네

그립다 아주 많이
보고 싶음이 간절한데
햇살에 사르르 눈물 되어
흐르는 가여운 사랑아

하얀 하늘꽃 편지
빼곡히 적은 사연들
눈물 되어 흐르는데
이젠 어디로 가는 걸까
– 시 「하늘꽃 편지」 중에서

다시금 선언하건대 글쓰기를 즐긴다면 누구나 바깥에 나가지 않고도 자신의 세상을 크게 넓힐 수 있다. 느낀 것을 글로 표현하고 다른 사람들이 볼 수 있게 책을 펴낸다면 새로운 행복의 길이 조금씩 열릴 것이다. 곧바로 효과를 볼 수는 없지만 꾸준한 글쓰기는 평생의 소중한 하늘꽃 편지가 되어 누군가에게 전해지지 않을까 한다.

끝으로 송연화 시인의 마음을 담은 진솔한 글 '하늘꽃 편지'가 모든 이의 가슴에 오래도록 머물러 있기를 기대한다. 더불어 30권의 시집이 출간하는 그 날까지 작가의 문운이 창대하길 소망한다. 아울러 송연화 시인의 건강과 건승을 기원한다.

■ 글벗시선 180 스무 번째 시집 송연화 시집

하늘꽃 편지

인 쇄 일 2022년 11월 21일
발 행 일 2022년 11월 21일
지 은 이 송 연 화
펴 낸 이 한 주 희
펴 낸 곳 도서출판 글벗
출판등록 2007. 10. 29(제406-2007-100호)
주　　소 경기도 파주시 와석순환로 16,(야당동)
롯데캐슬파크타운 905동 1104호
홈페이지 http://guelbut.co.kr
E-mail juhee6305@hanmail.net
전화번호 031-957-1461
팩　　스 031-957-7319
가　　격 15,000원
I S B N 978-89-6533-234-3 04810